AF595144

LE CATÉCHISME DE LA MADELEINE

TOURS

ALFRED MAME ET FILS

ÉDITEURS

LE CATÉCHISME
DE
LA MADELEINE
EN 1829

(Souvenir de première communion.)

PAR M. C. JULLIEN

LE CATÉCHISME

DE

LA MADELEINE

EN 1829

(Souvenir de première communion.)

En 1825, la religion florissait en France avec un nouvel éclat, et relevait sa tête triomphante sur les débris du philosophisme; les croyances religieuses avaient repris la place du scepticisme et de l'incrédulité. Le peuple, lassé des nouveaux systèmes, des brillantes utopies qui devaient le rendre heureux sans Dieu et sans religion, avait ouvert les yeux, reconnu la fausseté, le vide de l'erreur, et revenait en foule au pied des autels pour se réconcilier avec le Dieu des miséricordes. Les catéchismes, ces écoles de salut, étaient assidûment fréquentés par de pieux enfants avides de la parole de Dieu, qui devait fructifier dans des cœurs bien disposés, exempts de passions et de préjugés funestes, puis porter des fruits de salut et de bénédiction au sein de leur famille.

L'année 1826, l'année sainte, l'année du jubilé, fut encore plus féconde en heureux résultats, grâce aux immenses efforts des ministres apostoliques, aux exercices pieux, aux saintes retraites, aux dévots et fréquents pèlerinages dans les églises, surtout à la vue imposante et pleine de majesté de ces solennelles processions, où l'enfant et le vieillard, l'artisan et le noble, le roi et le sujet, et toutes les dignités religieuses, civiles et militaires, confondus ensemble à la suite du Roi des rois, annonçaient hautement le triomphe du Dieu des chrétiens.

A cette époque, le catéchisme de Saint-Sulpice brillait d'un noble éclat, et jouissait d'une belle réputation, qu'il devait bientôt partager avec un frère qui, marchant sur ses traces, arrivera à la même hauteur de science et d'instruction, à la même renommée.

La paroisse de la Madeleine, une des plus riches et des plus fortes de la capitale, n'avait encore pour le service divin que la petite rotonde de l'Assomption, et attendait que l'église de la Madeleine fût livrée au culte. Le nombre des enfants du catéchisme, croissant alors considérablement, gênait pour la célébration des offices du dimanche. M. Feutrier, curé de cette paroisse et depuis évêque de Beauvais, fit élever en 1824 une chapelle attenant à l'église, exclusivement consacrée au catéchisme. Elle fut bénite par Mgr de Quélen, et dédiée à son patron, saint Hyacinthe. M. Gallard, qui remplaça M. Feutrier, continua dignement son œuvre en apportant tout son zèle et tous ses soins pour illustrer le catéchisme de la Madeleine.

Ce fut en 1829 qu'il égala, s'il ne surpassa pas celui de Saint-Sulpice, en suivant les mêmes exercices et la même méthode d'enseignement. Quatre prêtres, dont un directeur, étaient nécessaires pour surveiller et instruire environ trois cents enfants, je veux dire trois cents garçons, dont le catéchisme commençait à neuf heures et durait jusqu'à midi ; celui des filles, presque aussi nombreux, se faisait de deux heures à cinq. Il y avait en outre des fonctionnaires parmi les enfants : un intendant, deux assistants, et un préfet des archives. Les deux premiers étaient chargés de ramasser et de distribuer les *diligences*, d'aller chercher les billets d'évangile, de donner les cartes aux premiers de chaque banc pour qu'ils pussent marquer les absents, puis de les reprendre. La fonction du troisième était de tenir note des récompenses accordées chaque dimanche. Cette note était consultée pour la concurrence des prix. Sur ce nombre de trois cents, il y avait des persévérants, c'est-à-dire des jeunes gens qui continuaient d'aller au catéchisme après leur première communion pendant deux à trois ans ; ceux-là, pleins de zèle et de science ne contribuèrent pas peu à l'illustration de notre catéchisme.

Nous avons dit qu'il durait trois heures : eh bien ! ce temps semblait peu long, tant l'instruction et les exercices étaient variés, et tant nous étions stimulés par l'émulation des places, par des récompenses méritées. Ces trois heures étaient partagées entre le chant des cantiques, la récitation et l'explication du catéchisme et de l'évangile, la sainte messe et l'instruction. Alors vous eussiez vu avec étonnement presque tous ces enfants, une plume ou un crayon à la main, écouter avec la plus scrupuleuse attention, et écrire tout ce que leur mémoire et la rapidité de l'écriture leur permettaient de recueillir : chacun, en rentrant chez soi, mettait ce brouillon au net, du mieux qu'il pouvait, et terminait toujours par une résolution et une prière inspirées par l'instruction : ceci s'appelait des *diligences*. On remettait son cahier le dimanche suivant, et celui du dimanche précédent vous était rendu avec une récompense et une mention honorable ; celui qui avait fait la meilleure *diligence* recevait le *grand cachet*, accompagné d'une belle gravure. Les concurrents au grand cachet représentaient les *accessit :* il y en avait quatre ou cinq. Venaient ensuite le cachet rouge, qui avait une certaine valeur ; le vert, qui méritait des encouragements ; le bleu, qui était plus faible ; enfin le noir, pour les deux ou trois plus mauvaises. Ces cachets étaient empreints sur la première page de la *diligence* que l'on rendait. Après l'instruction et le chant d'un cantique, avait lieu la récitation de l'évangile du dimanche; ce n'était pas obligatoire; ceux qui l'apprenaient faisaient preuve de zèle et de bonne volonté, et concouraient pour le prix d'évangile à la fin de l'année. On inscrivait son nom sur un petit billet, et l'on désignait en quelle langue on avait appris l'évangile, car on le récitait en français, en latin, ou en grec; ces billets étaient ensuite ramassés par l'intendant. Pendant la durée du catéchisme, chacun de ces messieurs prêtres notait deux ou trois jeunes gens d'entre ceux qui s'étaient le mieux tenus, et leur décernait des bons points qui comptaient pour la concurrence des prix de sagesse et de piété.

L'enseignement du catéchisme n'était pas seulement une science exacte qui se bornait à l'instruction et au raisonnement, c'était aussi la science de l'amour de Dieu, la science d'une foi vive, d'une piété sincère; c'était l'enseignement et la pratique de tous les devoirs du chrétien; là on nous apprenait à ne pas rougir de notre foi, à nous élever au-dessus du respect humain ; et dans nos cœurs bien disposés la grâce de Dieu agissait puissante et efficace.

A la Septuagésime commençait le catéchisme de semaine, qui avait lieu le mardi et le vendredi : c'était un redoublement de zèle, de travaux et de bonheur pour les enfants; là on faisait aussi des *diligences ;* puis on approchait du but tant désiré du catéchisme, la première communion. Les persévérants pouvaient y assister, mais ne prenaient point part aux exercices. Pour *diligences* il y avait le grand cachet et deux palmes qui obtenaient chacun un livre relié ; quant aux autres, il y avait seulement des numéros correspondant à la valeur des cachets des dimanches : le numéro 2 correspondait au cachet rouge, le 3 au vert, le 4 au bleu, le 5 au noir.

Vers la fin du catéchisme de semaine les exercices devenaient plus sérieux, les explications et les récitations du catéchisme plus longues et plus sévères : l'examen approchait, et l'on attendait la décision avec une espèce d'incertitude et de crainte. C'était une cérémonie grave et solennelle que cet examen : huit à dix prêtres étaient assis sur des fauteuils, à une certaine distance l'un de l'autre ; sur une chaise devant eux, un enfant était seul, obligé de répondre à un juge qui l'interrogeait longuement, le pressait de questions auxquelles il fallait une réponse satisfaisante ; et le pauvre enfant, après avoir subi un long et pénible interrogatoire, ne savait encore s'il était reçu ; ce n'était qu'à la réunion suivante que se publiait la liste des enfants admis et jugés dignes de faire leur première communion. C'était le jour de la justice, le jour de la moisson, où chacun recueillait ce qu'il avait semé ; le jour de la joie pour ceux qui étaient admis, le jour des remords et des regrets pour ceux qui étaient renvoyés.

Heureux enfants ! encore quelques jours d'épreuves, de travaux, et le Seigneur viendra vous visiter et couronner vos désirs et votre persévérance.

Les huit jours qui précèdent la première communion sont entièrement consacrés à la retraite ; alors deux fois par jour une séance de trois heures nous réunit dans la chapelle sainte; c'est un missionnaire qui va prêcher; c'est un homme qui a déjà évangélisé des pays lointains; c'est un apôtre de Jésus-Christ: combien ses instructions pieuses et fortes vont affermir notre foi, ses exhortations touchantes exciter dans nos cœurs des sentiments de repentir de nos péchés et d'amour pour un Dieu qui se donne à nous pour la première fois! — C'était le dernier jour de la retraite, c'était la veille de notre bonheur; après la récitation des actes de la communion, le missionnaire monta en chaire armé d'un crucifix; une longue méditation faite par cet homme de Dieu sur la Passion du Sauveur, sur l'amour d'un Dieu qui avait été jusqu'à s'immoler pour notre salut, nous excita à des sentiments de foi et de contrition, et fut terminée par la plus puissante et la plus pathétique exhortation que j'aie jamais entendue ; tous à genoux, pleurant et sanglotant, nous ne formions qu'une voix et qu'un cœur qui s'élevaient vers le Dieu de sainteté, qui devait voir avec complaisance des cœurs si bien disposés à le recevoir. En descendant de chaire, le missionnaire passa dans tous les rangs pour nous faire adorer la croix ; ensuite chacun se rendit au confessionnal pour recevoir les bienfaits de l'absolution.

L'aurore du plus beau jour de la vie de l'homme s'était levée radieuse, comme pour saluer notre bonheur. — Voyez ces enfants que la cloche sainte appelle, que leur Dieu attend pour se donner à eux ; ces jeunes filles, ces jeunes vierges, au maintien si grave, si posé, si modeste ; la robe blanche qui les revêt, le voile qui couvre leur tête, sont moins blancs et moins purs que leur âme ; ce cierge qu'elles tiennent à la main est moins brûlant que leur cœur. — Et ces jeunes garçons, le ruban blanc au bras, ils annoncent hautement qu'ils portent avec joie la livrée de Jésus-Christ ; fermes dans leur foi, ils sont forts comme le Dieu qui les anime et les soutient de sa grâce puissante.

Le prêtre arrive, la messe commence ; l'instant redoutable approche ; le silence, le recueillement, le doux calme qui règne ici, transportent l'âme à la vue de ces anges prosternés au pied de l'autel ; c'est qu'on leur a promis le chef-d'œuvre de l'amour d'un Dieu, et ils se sont élancés dans son temple avec l'enthousiasme de ce sentiment de foi et d'amour allumé dans de jeunes cœurs impressionnables, qui leur fait croire être transportés au sanctuaire de la

Divinité... Le spectateur attendri envie leur bonheur, et se rappelle un doux souvenir... Soudain la voûte a retenti d'un chant d'allégresse; écoutez comme ce cri part du cœur : qu'il exprime bien les sentiments qui animent ces heureux enfants ! Puis au chant joyeux succèdent le silence le plus absolu, la piété la plus profonde: l'hostie sainte a brillé dans les mains du prêtre, nous ne sommes plus sur la terre, nous sommes ravis, notre Dieu est à nous ! Enfants, abandonnez-vous à toute l'ardeur, à tout l'enthousiasme de vos sentiments d'amour et de bonheur.

Après la messe eut lieu le renouvellement des vœux du baptême; on descendit en procession à la chapelle des Fonts, en chantant le cantique : *Quand l'eau sainte*, etc.; notre missionnaire prononça l'acte de renouvellement sur les obligations imposées par le baptême, et adressa des questions auxquelles nous répondîmes tous ensemble et avec force : *J'y crois,* ou *j'y renonce,* suivant la demande ; la procession retourna au chœur dans le même ordre, puis nous quittâmes avec regret cette enceinte sacrée où le Seigneur était venu nous visiter.

Ces bons prêtres qui nous avaient instruits et disposés à notre première communion étaient là, à la porte de l'église et dans la cour ; en sortant, nous nous précipitions dans leurs bras pour les remercier, leur témoigner notre reconnaissance; ils nous embrassaient avec transport, ils étaient heureux de notre bonheur ; c'était la plus douce récompense de leurs instructions et des soins qu'ils nous avaient prodigués.

L'après-midi nous réunit au pied des

autels pour finir dignement une si sainte journée par la consécration à Marie. Les enfants sont tous assemblés dans la maison de Dieu ; comme ils sont heureux ! comme leur front brille de la joie la plus pure ! les voûtes retentissent de chants pieux qui expriment leur bonheur et leur reconnaissance. Après vêpres on se tourna vers l'autel de la sainte Vierge, et l'on chanta des cantiques en son honneur. Ensuite le directeur du catéchisme nous fit une touchante exhortation sur la persévérance dans la dévotion à Marie, notre étoile de salut sur la mer orageuse de ce monde ; puis il prononça l'acte de consécration.

En le suivant attentivement il nous semblait jurer à une mère de l'aimer toujours, de plutôt expirer à ses pieds dans la grâce de Dieu et dans son amour que de jamais l'oublier, que de jamais renoncer au titre glorieux d'enfants de Marie ! Oh ! combien ce serment avait un charme indéfinissable de paix et de joie céleste ! Nous pûmes alors donner un libre cours à de douces larmes de bonheur, et promettre, en ce moment où l'on est fort parce que le Seigneur est avec nous, une fidélité inviolable à nos serments. Puissions-nous tous avoir cette promesse si bien gravée dans notre mémoire que nous ne l'oubliions jamais !

Néanmoins il y aura quelques traîtres, quelques Judas, qui trahiront le Dieu qui s'est donné à eux pour la première fois, qui trahiront le serment fait à Marie : jetons un voile sur cette pensée sinistre, espérons plutôt que le souvenir du bonheur de cette sainte journée reposera paisiblement dans leur cœur, et les préservera pour toujours de tout écueil funeste à leur innocence et à leur vertu.

Vous qui ne connaissez et n'aimez pas Dieu, parce que vous ne l'avez pas cherché avec foi et simplicité comme ses enfants; vous qui blasphémez la religion, parce que vous ne la comprenez pas, qui êtes endurcis et aveuglés par l'esclavage des passions, si vous aviez pu assister à la cérémonie sainte que je viens de décrire, vous eussiez compris combien l'on est heureux de servir et d'aimer Dieu; vous nous eussiez entendus répéter avec un saint transport ces paroles du roi-prophète : *Un seul jour passé dans votre maison, ô mon Dieu, en vaut mieux que mille passés sous la tente des pécheurs;* et vous eussiez comparé ce bonheur avec les jouissances factices du monde !...

Le lendemain on nous réunit pour la messe du Saint-Esprit, et les jours suivants pour l'instruction et la préparation au sacrement de confirmation, qui fut conféré huit jours après la première communion. — Ce fut encore une édifiante et belle cérémonie que celle qui fit descendre sur nous l'Esprit-Saint, avec ses dons précieux pour affermir, fortifier nos résolutions et nos serments, et assurer notre persévérance dans l'amour de Dieu et la pratique des vertus chrétiennes.

La première communion avait eu lieu au mois de mai ; le catéchisme dura encore près de trois mois. Chaque dimanche nous voyait, fidèles à la bannière sacrée, accourir à la chapelle Saint-Hyacinthe. Les exercices étaient de pieuses et touchantes exhortations et le chant des cantiques. Nos pères en

Jésus-Christ avaient regret de nous quitter, de nous abandonner, et ne pouvaient songer à notre avenir sans se sentir le cœur serré de tristesse. Ils nous donnèrent à tous une formule de règlement de vie et la prière de saint Bernard, *Souvenez-vous*, en nous faisant promettre solennellement de la réciter tous les jours, comme un moyen d'attirer sur nous des grâces de salut. Avec quelle sollicitude paternelle aussi ils nous avertissaient des dangers que nous allions rencontrer sur le chemin de la vie, à travers une foule perverse et corrompue, et nous donnaient de bons avis, de saints préceptes pour conserver notre foi pure, notre espérance ferme, et un amour toujours croissant pour le Dieu de notre première communion !

Après le travail vient la récompense :

une partie de campagne aux frais de M. Gallard et une distribution solennelle de prix devaient couronner nos succès et notre persévérance. — Ce fut, je crois, un mardi du mois de juillet qui fut le jour fixé pour cette belle partie tant désirée, et qui nous intriguait bien fort ; car on s'était contenté de nous en faire des descriptions et des éloges séduisants, sans nous en instruire précisément. — Nous étions réunis dans la chapelle (seulement les enfants qui venaient de faire leur première communion) ; nous attendions avec inquiétude et impatience le signal du départ, et ne savions trop que penser, car ces messieurs prêtres paraissaient contrariés, ils se concertaient souvent ; nous suivions tous leurs mouvements avec anxiété. Enfin le directeur prit la parole, et nous dit : « Mes enfants, vu l'incertitude du temps (à ce préambule, tous les visages changèrent de couleur), nous avons dû songer à des moyens de transport qui nous assurassent contre la fatigue et la pluie; car la promenade que nous allons faire sera un peu longue : nous irons à plus d'une lieue de Paris; et si vous étiez mouillés, fatigués, vous ne seriez pas bien en train de faire honneur à la fête que nous vous offrons au séminaire d'Issy. Nous allons partir, nous irons en voiture... » Un murmure d'approbation s'éleva de tous côtés. On nous fit sortir et ranger dans la cour; puis on nous entassa dans quatorze fiacres, au nombre de cent quatre, sans compter ces messieurs. Ce devait faire un singulier cortège que cette file de voitures. La route fut gaie et joyeuse, la crainte s'était évanouie, le contentement lui avait succédé, et nous tenions le bonheur par la main. Chacun dans son comité faisait des projets chimériques sur l'emploi de cette heureuse journée. Arrivés à la porte du séminaire, on nous fit descendre, et en un instant le chemin fut couvert de notre troupe nombreuse ; on eût dit des soldats grecs sortant du cheval de bois. On réprima nos témoignages de gaieté un peu trop bruyants, pour nous faire entrer dans cette sainte maison en bon ordre et avec décence, comme il convient à des jeunes gens bien élevés, et surtout aux enfants du catéchisme de la Madeleine.

Le temps s'était amélioré, les nuages qui nous avaient un peu effrayés s'étaient dissipés, et un beau jour, une belle partie de plaisir s'offraient à nous.

On se rendit immédiatement à la

chapelle pour adorer Dieu et faire la prière. Nous priâmes de bon cœur, avec foi et recueillement; car l'on nous avait appris à offrir à Dieu nos plaisirs comme nos travaux et nos peines.

Sortis de là, on nous abandonna à la fougue de notre âge, à l'impétuosité de notre gaieté, qui ne fut ni excessive ni déplacée, mais franche et naturelle. On se partagea en plusieurs bandes dans une espèce de parc immense, où nous foulions le sable des allées et l'herbe des pelouses ; là des jeux divers s'organisèrent : des barres, des courses, des jeux de paume, etc.

Ces messieurs se mêlèrent à nos jeux, tant pour les animer, les diriger, que pour prévenir les accidents.

Après une heure d'exercice qui nous avait mis en appétit, la cloche, signal du dîner, se fit entendre; nous comprimes bien, car nous étions prévenus, et tous d'accourir dans une grande allée formant le berceau, dont l'ombrage nous préservait du soleil, et de nous ranger autour d'une longue table servie : chacun avait devant soi un petit pâté sur une assiette, et un petit pain ; ceux qui ne voulurent pas manger debout formèrent des cercles et allèrent s'asseoir sur l'herbe. Par prudence on nous avait interdit les couteaux et les fourchettes. Ces messieurs prêtres nous servaient ; ils allaient autour de la table avec des brocs de vin et de lait, pour que chacun pût boire suivant son goût ; le pain n'était pas rationné, un panier rempli de petits pains circulait dans les rangs et s'offrait à ceux dont l'appétit était *majeur*. Le dessert vint à son tour ; de vastes corbeilles pleines d'échaudés et de petites brioches offraient encore le choix de la pâtisserie légère et de celle qui était plus solide. Cette distribution faite, on nous fit tourner le dos à la table, notre assiette à la main ; ces messieurs passèrent avec des paniers de cerises, de groseilles et de fraises, et servirent chacun suivant son désir. — Après le repas nous chantâmes un des cantiques que nous savions par cœur.

Ensuite un grand jeu fut organisé ; on simula une croisade : chacun de ces messieurs prêtres forma une compagnie dont il fut le capitaine. — Les musulmans s'établirent dans un camp improvisé, où les chrétiens, la croix en tête et chantant des cantiques, vinrent les attaquer. Après plusieurs assauts, les infidèles furent mis en déroute et chassés de leur poste ; puis l'armée chrétienne envoya un parlementaire aux fuyards pour leur proposer la paix, aux conditions de se convertir à la religion de Jésus-Christ et de s'enrôler sous l'étendard de la croix; ils acceptèrent, car Mahomet les avait abandonnés; et musulmans et chrétiens entonnèrent un cantique d'action de grâces.

Une surprise agréable nous avait été annoncée à un autre signal de la cloche, nous l'attendions avec impatience; elle sonna enfin, et l'on nous conduisit dans une vaste allée, où des bancs étaient rangés devant une table couverte; nous nous épuisions en conjectures, quand un homme vêtu de noir se présenta devant la table, la découvrit, nous salua, et nous annonça une séance de prestidigitation; elle fut longue, bien amusante, et terminée par la loterie d'un monceau de jouets d'enfants, où il y avait à peu près moitié de numéros gagnants.

La journée était avancée, le temps était magnifique ; on fit l'appel du régiment pour s'assurer si nous n'avions pas perdu d'hommes à la bataille ; puis, les capitaines étant à la tête de leurs compagnies, on se mit en route à pied pour rentrer dans la grande cité, où chacun de nous en avait pour plus d'une heure à raconter à ses parents, à sa sœur, les détails de cette journée si heureuse et si pleine de souvenirs.

Arrivés près des barrières, nous fîmes une halte d'une demi-heure ; on s'assit sur l'herbe (où du moins il devait y en avoir), et chaque capitaine au milieu de sa compagnie raconta une histoire bien effrayante de brigands ou de fantômes chargés de chaînes. Les uns riaient aux éclats, les autres avaient peur ; la plupart riaient et avaient peur à la fois. Quand nous fûmes délassés, on se remit en marche pour arriver dans la cour de l'Assomption; là les rangs furent rompus, et chacun se dispersa.

Quelques jours encore, et nous touchions à la dernière réunion, au 15 août, la fête de Marie, notre mère et notre patronne, jour fixé pour la distribution des prix. Plus de deux cents beaux volumes reliés s'offraient à notre vue dans le fond de la chapelle ; car il y avait des prix pour beaucoup de branches et beaucoup de degrés d'instruction ; un grand nombre d'entre nous en obtinrent plusieurs, mais ils étaient tous mérités et décernés avec impartialité. Les paresseux, ceux qui se sont contentés de voir les succès de leurs condisciples, leur nom ne figure pas sur cette immense liste que monsieur le directeur tient à la main, sur cette liste vers laquelle tous les yeux sont fixés; mais aussi ceux qui ont montré du zèle, qui ont fait des efforts, peuvent se reporter avec plaisir sur leurs travaux de l'année, et attendre avec confiance que leur nom soit proclamé vainqueur dans la lutte.

Après la distribution, le directeur nous fit une belle exhortation sur la persévérance; il nous fit tous promettre solennellement de revenir l'année suivante dans cette enceinte sacrée, sur ces mêmes bancs, chanter les louanges de Dieu et nourrir notre âme des vérités saintes de la religion; nous pleurâmes tous. Il y avait dans ce discours une teinte de tristesse et de funeste prévision. Notre directeur mêla ses larmes aux nôtres; il semblait affligé comme une mère à laquelle on va arracher ses enfants. Pour terminer, il se mit à genoux, récita avec ferveur la prière à Marie, *Souvenez-vous...*, puis on se sépara.

Le catéchisme de l'année 1830 commença sous les plus brillants auspices d'accroissement et de persévérance; mais lorsqu'il était près de finir, la triste prévision se réalisa : *Le pasteur fut frappé, et les brebis du troupeau furent dispersées*, l'auréole de gloire tomba de son front!

— J'avais alors quitté Paris; j'y retournai en 1836. Je courus à la chapelle Saint-Hyacinthe; un sentiment douloureux vint se mêler à un bien doux souvenir, réveillé si puissamment par ma présence en ces lieux, où autrefois j'avais joui d'un bonheur si doux et si pur.

Il y avait des enfants, il y avait des prêtres ; mais ce n'était plus le catéchisme de la Madeleine en 1829.

FIN

12689. — Tours, impr. Mame.

BIBLIOTHÈQUE

DE

L'ENFANCE CHRÉTIENNE

50 JOLIS OPUSCULES

de 86 pages in-18

ORNÉS

D'UNE GRAVURE

1

www.ingramcontent.com/pod-product-compliance
Lightning Source LLC
LaVergne TN
LVHW050221180726
843501LV00013BA/2186

* 9 7 8 2 3 2 9 6 5 2 0 4 7 *